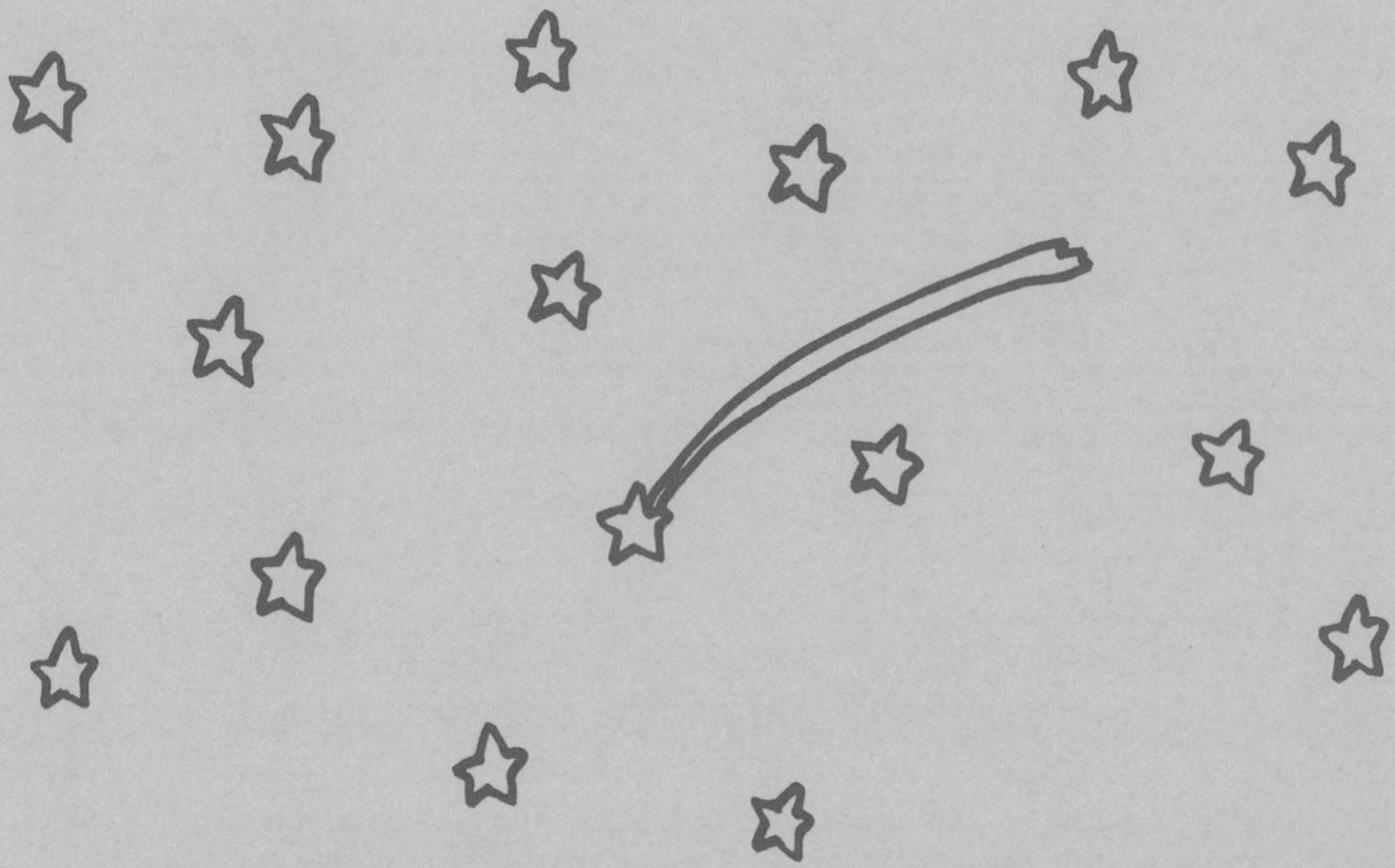

やなせたかし
おとうとものがたり

やなせたかし
おとうとものがたり　目次

弟よ
君の青春はいったいなんだったのだろう

やなせたかし　おとうとものがたり

父の死

ぼくが五歳《ごさい》　弟が三歳のとき
父が亡《な》くなった
父は三十二歳の若《わか》さだった
文学と美術《びじゅつ》を愛《あい》した
気鋭《きえい》の新聞記者だった
家に大勢《おおぜい》のひとがきた
みんな家族は泣《な》いていたが
ぼくと弟は泣かなかった
ぼくは少しかなしかったが
弟は笑《わら》ってふざけていた
父は外国で死んだから
ぼくたちは父の最期《さいご》を知らない
梅《うめ》の木の下で
ぼくらはビー玉をしてあそんだ
あの梅の花の白さは
今もよくおぼえている
大きくなってから
ぼくは何度か他人の葬式《そうしき》にいった

残《のこ》された子どもがちいさくて
お客さんの顔をみてにこにこ
うれしそうにしているのをみると
あれがぼくだった
あれが弟だったと
身につまされるおもいがする
かなしみははるかにおくれてやってくる
そのときには
まだ
なにも
わからない
人生のはじまりには
なにひとつわからない
ぼくたちは
母が財布《さいふ》をあければ
そこにはいつも
お金が入っていると
信《しん》じていた

母とのわかれ

ぼくらはある日
母とわかれた
ぼくらは身体《からだ》がよわいから
よくなるまで
医者をしていた伯父《おじ》の家に
あずかってもらう
と母にいわれた
「おじさんのいうことをよくきいて
はやくよくなるのよ
お母さんはすぐに
むかえにきますからね」
母はそういった
母は盛装《せいそう》して
白いパラソルをさしていた
秋のはじめのころだったかなあ
ぼくと弟は
素直《すなお》に信《しん》じた
そして

母をおくっていった
母のパラソルは
蝶《ちょう》のように
麦畑の中を遠ざかっていった
母は何度かふりかえった
ぼくらは
そのたびに手をふった

「あなたのお母さんは
わるいひとや
こんなかわいい子どもをすてて
再婚《さいこん》するなんて」
しかし
ぼくらは信じた
母を信じた
本当のことがうすうす
わかりかけてきた頃《ころ》になっても
ぼくらはまだずーっと信じていた
そして早く丈夫《じょうぶ》になろうと
冷水《れいすい》まさつをして
風邪《かぜ》をひいた

夏の川で

夏になると
ぼくらは父の田舎《いなか》へいった
祖母《そぼ》がひとりで百姓《ひゃくしょう》をしていた
祖母はどうしても町へはでなかった
もし私《わたし》がここをはなれたら
誰《だれ》がお墓《はか》をまもるのか
死んだものがさびしがる
祖母はそういった
ぼくらは
谷間へ水泳にいった
川はおそろしく青く広かった
河原《かわら》には
ぼくたちふたりのほか
誰もいなかった
あの頃《ころ》
蟬《せみ》しぐれがふるようだった
白い真夏の河原よ
ぼくらは

魚をとったり
泳いだりした
弟はまだ泳げなくて
浅《あさ》いところで
ぴちゃぴちゃやっていた
ああ
あの頃の弟の
一生けんめいな顔よ
ぼくの泳ぐのを
うらやましそうにみていた
弟よ
大人になってから
ぼくは昔の川へいってみた
川は青く流れていたが
ほんのせまいちいさな川だった
ぼくらはあの頃
世界中で一番大きな川だとおもっていたのに
むこう岸へ泳ぎついた時は
太平洋横断《たいへいようおうだん》したような
気がしていたのに

赤い着物

弟はちいさいときしばらく
女の子の格好《かっこう》をさせられていた
おかっぱにして
赤い着物をきていた
それはひとつには
身体《からだ》のよわい子どもは
女の子として育てた方がいい
という迷信《めいしん》のためと
ひとつには
女の子がほしかった
両親のねがいからだった
色白で長いまつげの
弟には赤い着物はよく似《に》あった
だれでもはじめてあうひとは
「かわいいお嬢《じょう》さん」といった
そのたびに弟は
「男の子だい！」と
赤い着物をめくりあげて

男の子のしょうこをみせた
ぼくらが中学生になった頃《ころ》
この話はよく食卓《しょくたく》の話題になった
弟はそのたびに
まぶしそうな表情《ひょうじょう》になってはにかんだ
弟は
そのことを
ちっともおぼえていなかった
しかしあるとき
ぽつんとぼくにこういった
「兄ちゃん
赤い着物きたぼくは
かわいかったかな？
ぼくが妹だったら
兄ちゃんは
よかったかな？」

坊ちゃんの兄

弟は
医者をしていた伯父《おじ》の養子《ようし》になり
ぼくは亡父《ぼうふ》のあとをつぐことになった
もう少しのち
入学試験《にゅうがくしけん》のために
戸籍《こせき》とう本《ほん》をとりよせたとき
自分の名前以外《いがい》に
全部×じるしがついているのを見た
父は死亡
母は再婚《さいこん》
弟は養子
ぼくは自分がこの世でたったひとり
天涯孤独《てんがいこどく》になったことを知った
しかしその頃《ころ》はまるで孤独とは
おもわなかった
ただ弟とぼくの生活には
ちょっとしたちがいができた
弟は奥《おく》の間《ま》で

伯父夫婦《おじふうふ》と川の字になって寝《ね》
ぼくは玄関《げんかん》の横の
つめたい書生部屋《しょせいべや》で寝た
(伯父夫婦には子どもがなかった
伯父夫婦は弟を溺愛《できあい》した)
ぼくらは世間的《せけんてき》には
おなじ家に住み
おなじ学校に通い
ごくあたりまえの兄弟で
伯父夫婦を
「お父さん」「お母さん」と
よんでいたが
弟はお医者さんの坊《ぼっ》ちゃんで
ぼくはなんというか
坊ちゃんの兄が世話になっている
という感じだった
でも何をするのもいっしょだった
「兄ちゃんといっしょでなければいや」
と弟がいうからだった

朝やの星

伯父《おじ》の家にひとりの若《わか》い
おてつだいさんがいた
朝やといった
朝やはへんにぼくに同情《どうじょう》した
「お兄さんなのにあんまりです
おかわいそうです」
ぼくは自分ではちっとも
そうおもわなかったが
朝やが涙《なみだ》ぐんでぼくを抱《だ》きしめると
なんだかかなしいような気がした
若い女の子らしく
頭の中でかわいそうな話をつくりあげて
感傷的《かんしょうてき》になっていたのだ
夜がふけてみんなが寝《ね》しずまると
朝やはぼくの部屋にしのんできて
ぼくを背中《せなか》におんぶすると
町はずれの駄菓子屋《だがしや》へいった
約束《やくそく》がしてあるらしく

夜中でもおきていた
ぼくらは
駄菓子は不潔《ふけつ》だからと禁《きん》じられていた
でも、どんなにか
ぼくはその不潔なお菓子にあこがれていたろう
そのちいさな駄菓子屋は
夢《ゆめ》の天国だった
ぼくの記憶《きおく》は非常《ひじょう》にあいまいだ
なにしろぼくはねぼけていて
ゆきもかえりも夢うつつだった
でも
あたたかい朝やの背中
朝やの背中で見た
空いっぱいの星
こぼれおちた流れ星
ぼくは今でも忘《わす》れない
弟よ
君はしらなかったろうね
朝やの星が美しかったことを

シーソー

シーソーというかなしいあそびがある
一方があがれば
一方がさがる
水平になることは一度もない
ぼくと弟は
シーソーのことを
ギッコンバッタンといっていた
ギッコンバッタン
ぼくらはあそんだが
ちいさい時
弟は病気がち
学校の成績《せいせき》もわるかった
ぼくは
あくまで健康《けんこう》で
成績はとびきり上等だった
薬ばかりのんでいた弟は
いつもみんなになぐさめられ
お菓子《かし》と玩具《がんぐ》に埋《う》もれていた

ぼくもぜひ肺病《はいびょう》になりたくて
わざと雨にびしょぬれになったりしたが
残念《ざんねん》ながら平気だった
しかし
中学に入ってから
たちまち立場が逆転《ぎゃくてん》する
弟はすっかり頑丈《がんじょう》になり
柔道二段《じゅうどうにだん》で優等生《ゆうとうせい》
ぼくは無段《むだん》で劣等生《れっとうせい》
数学なんか０点だった
ギッコンバッタン
ぼくたちは
一方があがれば
一方がさがり
いつも水平になれなかった
それでもぼくらは仲良《なかよ》しだった
シーソーをもういちどしたいと
おもっても
ああ　人生のギッコンバッタン
ひとりぼっちではできないんだ

はれたオチンコ

ぼくと弟はちいさいとき
クイズに熱中《ねっちゅう》していたことがある
問題のひとつ
「女の子と男の子が池のそばであそんでいた
そのうちひとりが池に落ちた
さて、女の子が落ちたか
男の子が落ちたか！」
ふしぎなことに
解答《かいとう》がふたつある
Aの答
「男の子が落ちた
なぜなら池に落ちた音は
ボッチャーン！」
Bの答
「男の子が落ちた
なぜなら
女の子はオチンコナイ」
ぼくと弟はだんぜんBの方が面白《おもしろ》かった

そしてぼくは
弟のオチンコのことをおもいだす
ぼくらはその頃《ころ》
夏はよく川のそばで
オシッコのとばしっこをした
ところがある日
そのあとで
弟のオチンコがはれあがってしまったのだ
養父《ようふ》は医者で科学者なのに
ひどく非科学的《ひかがくてき》なことをいった
「ミミズの神さまにオシッコがかかって
ミミズがおこっている、ミミズをよく洗《あら》って
あやまりなさい」
弟は泣《な》きながらあやまった
ミミズを洗ってあやまった
「ミミズさまゆるしてください
もうしません」
ぼくは今でもわからない
なぜ弟のオチンコははれたのだろう？
ぼくもならんでオシッコしたのに

道信山の夕やけ

ぼくと弟が少年時代をすごしたのは
その大部分は高知県南国市《こうちけんなんこくし》後免町《ごめんまち》だった
日本珍駅名集《にほんちんえきめいしゅう》をひもとけば
四国の土讃線《どさんせん》に駅員が一日中
「ごめん・ごめん」とあやまっている駅がある
とかいてあるが
その「ごめん駅」は我家《わがや》から直線距離《ちょくせんきょり》で
約《やく》二百メートル
あいだは一面の菜種畑《なたねばたけ》だった
その畑のまんなかに
小高い丘《おか》がある
その名もかわいい道信山《どうしんやま》
山というにはちいさすぎる
香長平野《かちょうへいや》のまんなかで長曽我部氏《ちょうそかべし》の古戦場《こせんじょう》
おそらく無名戦士《むめいせんし》の首塚《くびづか》なのだ
道信山と畑とが
おさないぼくらの戦場だった
ぼくも弟もへこ帯《おび》で覆面《ふくめん》して

竹の棒《ぼう》きれふりかざし
朝から晩《ばん》まで剣劇《けんげき》ごっこ
身体《からだ》はすり傷《きず》、ひっかき傷
道信山からころげおち
鼻血だしたり、腕《うで》おったり
ヨーチン、赤チン、オキシフル
いつでもどこかにぬっていた
剣劇ごっこというものは
やっているうちに真剣になる
ぼくは弟をなぐりすぎ
本当のけんかになったこともある
しかし
もしも外敵《がいてき》がぼくをおそうことがあれば
弟は絶対《ぜったい》にぼくの味方だった
ぼくはあんまり強くなかった
ぼくがやられそうになったとき
がんばるのはむしろ弟だった
道信山の夕やけに
兄弟ふたり孤立《こりつ》して隣《となり》の村の子どもらと
けんかした日をおもいだす
死ねばいっしょとおもいつめた
弟の目をおもいだす

背負い投げ

ぼくは柔道部《じゅうどうぶ》に入った
入部した最初《さいしょ》の紅白試合《こうはくじあい》で
まちがって六人をぬき
選手《せんしゅ》にされそうになった
しかし
まるで喧嘩《けんか》のようにおそいかかってくる
他校の選手を見ると
たちまちいやになってやめてしまったが
家にかえると
おぼえたての柔道で
弟を投げるのが
面白《おもしろ》くてしかたがなかった
ふたりは小犬みたいに
じゃれあってドシンバタンとやっていた
弟が中学に入って
やはり柔道をやるようになると
すこし勝手がちがってきた
弟が強くなってきた

ある日弟のしかけた内股《うちまた》が
見事にきまった
ぼくはぶざまに尻《しり》もちをついた
弟はしてやったりとうれしそうに笑《わら》った
とたんにぼくは狂気《きょうき》のようになった
その頃《ころ》得意《とくい》だった
背負《せお》い投《な》げでおもいきり投げとばした
たちあがってくるところを
もう一度
そして弟がたてなくなるまで
たたきのめした
弟は涙《なみだ》ぐんで
肩《かた》で息をしながらいった
「兄ちゃんは強いよ
でもなぜそんなにひどくするんだ」
今でもぼくは忘《わす》れられない
兄弟があらそって殺人《さつじん》になった事があった
原因《げんいん》は兄の劣等感《れっとうかん》だった
ひとごとではないとぼくはおもう
既《すで》にぼくは弟にかなわないという
予感があった

父の写真

弟は顔もかわいらしく
心も愛《あい》らしかった
ぼくはその正反対で
顔はにくらしく
心はひねくれていた
養父母《ようふぼ》であった
伯父《おじ》も伯母《おば》も
心の底《そこ》から弟を愛した
甘《あま》すぎるとおもう程《ほど》
弟に我《わが》ままをさせた
ぼくはいくらか弟のお裾《すそ》わけに
あずかっていた
ぼくとちがって弟は
伯父と伯母を今では
本当の両親とおもいこんでいる
ようすだった
しかしある日のこと
ふと弟の教科書をめくっていると

中から一枚《いちまい》の写真がでてきた
それは黄ばんでいたが
亡《な》くなった父の写真だった
ぼくは激《はげ》しいショックを受けた
なんにも知らない顔をしている
ちいさな弟の心の底に
父への思慕《しぼ》があったとは
その頃《ころ》ぼくは
ときどき再婚《さいこん》した母のところへ
あそびにいっていた
弟は
ぽつんといった
「兄ちゃんはいいよ
ぼくはいけない」
ぼくは弟がかわいそうになった
そしてそれよりもさらに
伯父夫婦《おじふうふ》がもっとかわいそうになった
ごめんなさい　ごめんなさい
ぼく達《たち》兄弟を大きくしてくださって
あなた達が本当のお父さんと
お母さんです

ただ一度の小づかい

中学生になった兄弟は
おんなじ汽車で通っていたが
この年頃《としごろ》は兄弟いっしょが恥《は》ずかしくて
ふたりはいつも別々《べつべつ》だった
中学生になってからぼくは数学の成績《せいせき》がわるく
劣等生《れっとうせい》になっていたが
弟は優等生《ゆうとうせい》だった
理由は非常《ひじょう》に簡単《かんたん》で
弟は予習復習《よしゅうふくしゅう》をやり
ぼくはなんにもしなかった
なぜ、なんにもしなかったのだろう？
ぼくの得意《とくい》は図画と作文と体操《たいそう》で
すべて学課《がっか》と関係《かんけい》なかった
弟はどんどん背《せ》が高くなり
やがて柔道《じゅうどう》二《に》段《だん》になる
ぼくはせいぜい一級で
初段《しょだん》にさえもなれなかった
ぼくはある日考えた

このままでは絶対《ぜったい》負ける
まともな道では落伍《らくご》する
そこで漫画《まんが》をかきはじめた
中学三年生のとき
地方新聞に投稿《とうこう》すると
どういうわけか一等になり
懸賞金《けんしょうきん》を十円もらった
当時の十円は子どもには大金
いまなら五万円というところか
ぼくは優等生の弟に三円やった
「おい、小づかいやるぞ」
弟はよろこんだ
「すまんな兄貴《あにき》、また頼《たの》むよ」
あとにも先にもそれっきり
弟に小づかいやったのはそれっきり
ああ、ぼくはもっと弟にやりたかった
もっと弟をよろこばせたかった
兄貴の貫禄《かんろく》みせたかった
せめてあのとき五円やればよかった

スケッチボックス

味気なかった中学生活が終《おわ》って
ぼくは東京へでてデザイン科の学生になった
本当は油絵科へいきたかったが
許《ゆる》されなかった
それでもぼくはうれしかった
砂《すな》を噛《か》むような授業《じゅぎょう》から解放《かいほう》されて
とにかく毎日絵具を溶《と》き
学校へいけば
なんと
裸《はだか》の若《わか》い女性《じょせい》を教室で描《えが》いたりできるのだ
まるで夢《ゆめ》のようではないか
スケッチボックスをもつことがうれしくて
帰省《きせい》する時もスケッチボックスを
かついでいた
中には絵具のかわりに下着をいれていたが
とにかくぼくは画家のように
芸術家《げいじゅつか》のようにふるまいたかったのだ
弟は地元の高校に四年生の時に合格《ごうかく》した

その頃《ころ》の高等学校の生徒《せいと》は
白線二本に吊《つり》がねマント
朴歯《ほおば》の下駄《げた》というスタイルだった
ぼくよりも長身の弟は
下駄をはくとさらにノッポになった
はにかんだ顔でぼくをむかえた
ぼくもなんだかてれくさかった
ふたりはおたがいに
もうちがっていた
弟が上京してきた時
ぼくは弟を馴染《なじ》みの喫茶店《きっさてん》へつれていった
若いマダムは頰《ほお》を染《そ》めてぼくにいった
「素敵《すてき》な弟さんね　一高生ね
秀才《しゅうさい》なのね」
ぼくは「そうさ」とうなずいた
第一高等学校ではなかったが
秀才だったのは事実だから
ぼくは自慢《じまん》したかったのだ
弟をほこりにおもったのだ
でも　その底《そこ》にいくぶんか
ねたみの心もありました

風の中

弟よ
君の青春はいったいなんだったのだろう
あの風になびく吊《つり》がねマントか
君が愛読《あいどく》した三好達治《みよしたつじ》か
とにかく君はまぶしかった
ぼくは賢明《けんめい》な兄ではなく
画業は全《まった》くものにならず

大東京の空の下
空《むな》しく日々はすぎていった
君の書棚《しょだな》の独逸語《ドイツご》は
ぼくにはついに読めなかった
室戸岬《むろとみさき》の風の中
黒潮《くろしお》をのぞむ
崖《がけ》の上
マントを風にはためかせ
君のきらめくまなざしは
未来《みらい》にむかってそそがれていた
君が何通かの恋文《こいぶみ》をもらい

それをぼくにみせた時
ぼくは真底羨《しんそこうらや》ましかった
ぼくは一度もそんな経験《けいけん》はない
でも　君はそれには一顧《いっこ》だにしなかった
君の青春はいったい何だったのだろう
むしろ恋におぼれるべきでは
なかったのか
ぼくがデザイン科を卒業《そつぎょう》する年
ぼくらの伯父《おじ》である養父《ようふ》が死んだ
ぼくらは声をあわせて泣《な》いた
今ではたしかにそのひとがお父さんだった
「お父さん　悪かった
ぼくたちは迷惑《めいわく》ばかりかけました」
野辺《のべ》のおくりがすんでみると
弟は柳瀬家《やなせけ》の当主であり
ぼくは一羽の自由な鳥だった
「兄貴《あにき》はいいよ
俺《おれ》はこの家を見なければならない」
「すまん　よろしく頼《たの》む」
そしてふたりは別《わか》れた
青春のそのときがまったただなかだったのに

ちいさな木札

昭和《しょうわ》十八年晩春《ばんしゅん》
福州《ふくしゅう》から温州《うんしゅう》を経《へ》て上海《シャンハイ》まで
ぼくはひとりの兵隊《へいたい》として
決死の行軍《こうぐん》をつづけていた
中国大陸《ちゅうごくたいりく》の西岸《せいがん》一帯《いったい》は
蜜柑《みかん》が多い
名づけて温州蜜柑　ぼくの故郷《こきょう》の庭にもある
そしてまたこのあたりは亡父《ちち》が
二十歳《はたち》の夏に旅したところだ
残《のこ》された旅行記によれば
その時川で水浴《すいよく》している
濁水渦巻《だくすいうずま》く中国も
浙江省《せっこうしょう》に入ったとたん
山紫水明《さんしすいめい》となる
ぼくも父がしたように
川に入って汗《あせ》を流した
水は水晶《すいしょう》のようで雲は白く
重装備《じゅうそうび》で一日四十キロの行軍も

若《わか》いぼくには耐《た》えられた
こんな美しい風景《ふうけい》の中で
ぼくらは殺《ころ》しあいをしてはいけない
思ったとたんに
迫撃砲弾《はくげきほうだん》の狙《ねら》いうち
たちまちあがる水煙《みずけむ》り
耳をかすめる小銃弾《しょうじゅうだん》
いのちからがらぼくは逃《に》げた
やっとのおもいで
上海に辿《たど》りついた時
もう戦争《せんそう》は終《おわ》っていた
どうにか故郷へ帰りついたが
ぼくを待っていたのは
弟の白い骨壺《こつつぼ》だった
壺の中にはちいさな木札《きふだ》が一枚《いちまい》だけ
なんにも入っていなかった
白い海軍将校《かいぐんしょうこう》の制服《せいふく》の弟は
仏壇《ぶつだん》の写真の中で微笑《びしょう》していた
「兄貴《あにき》　お先にいくぜ」
というように

珊瑚

土佐《とさ》の名物　かぞえれば
紙に珊瑚《さんご》にかつおぶし
珊瑚店でぼくは聞いた
「今でも土佐の海で珊瑚はとれますか」
「いいえ　今はとれません
フィリピンの沖《おき》
バシー海峡《かいきょう》のものが主です」
バシー海峡
珊瑚の海
海軍戦死《かいぐんせんし》公報《こうほう》には
「海軍中尉《かいぐんちゅうい》柳瀬《やなせ》千尋《ちひろ》二十二歳《にじゅうにさい》
バシー海峡の戦闘《せんとう》において
壮烈《そうれつ》な戦死」
なにが壮烈
なにが戦闘
弟は戦場へ向《むか》う輸送船《ゆそうせん》ごと
なんにもせずに撃沈《げきちん》されたのだ
バシー海峡

珊瑚の海
自分の名前のとおり
千尋は千尋の海へ沈《しず》んだ
骨《ほね》は珊瑚になったのか
君が海軍《かいぐん》特攻隊《とっこうたい》を志願《しがん》したとき
運よくぼくらは一度だけ逢《あ》えた
「ぼくはもうすぐ死んでしまうが
兄貴《あにき》は生きて絵をかいてくれ」
手をにぎりあいぼくらはわかれた
しぐれにぬれてぼくは歩く
ぼくらがあそんだ帯屋町《おびやまち》
ぼくらが通った中学校
ぼくらがあそんだ城下《じょうか》まち
なぜぼくだけが生きのこり
なぜぼくだけがここにいる
千尋よ
君が珊瑚なら
土佐の名物土佐珊瑚
故郷《こきょう》の海へ帰ってこい

海彦・山彦

中国の河南省《かなんしょう》　古都洛陽《らくよう》の東南に
嵩山《すうざん》という山がある
海抜《かいばつ》千六百《せんろっぴゃく》米《メートル》
少林寺《しょうりんじ》拳法《けんぽう》発生の地と伝《つた》えられている
終生中国を愛《あい》した父は
ぼくに嵩《たかし》と命名した
そして二歳下《にさいした》の弟には
千尋《ちひろ》の海という意味で
千尋と名づけた
嵩と千尋
山と海
山彦《やまひこ》と海彦《うみひこ》
それはただ兄弟の名前にすぎないが
二十四の夏
ぼくは華南《かなん》の山岳地帯《さんがくちたい》
尾根《おね》づたいに生死の境《さかい》をくぐることになる
そして弟は
二十二歳

本当に千尋の海の底深《そこふか》く
永久《えいきゅう》にかえらぬひとになってしまうのだ
ぼくは今でも
海をみるたびに
かなしみとなつかしさのいりまじった
心になる
海彦
千尋
弟がそこにいる
つぶらな眸《ひとみ》をして
いくぶんかまぶしそうに
はにかみながら
弟がそこにいる
ぼくはいまだに生きながらえているが
海に指をひたせば
その海の中に
弟がいる
海彦

墓前で

寺石正路《てらいしまさみち》編《へん》「土佐《とさ》名家伝《めいかでん》」によれば
柳瀬家《やなせけ》は香北《かほく》の旧家《きゅうか》とある
名家というほどのものではないが
一群《いちぐん》の墓石《ぼせき》は物部川《ものべがわ》の上流の
山ふところに抱《いだ》かれて苔《こけ》むして続《つづ》いている
ひさしぶりにぼくは墓参《ぼさん》した
三月、既《すで》に太陽はあたたかく
山肌《やまはだ》を金色に染《そ》めていた
弟の墓石にもうっすらと緑色に苔が生《は》え
千尋《ちひろ》の文字をふちどりしていた
墓石の下には何もない
ちいさな木札《きふだ》も、もう朽《く》ちたはずだ
風はぼくの頭上を吹《ふ》く
とにかくぼくは生きのびて
詩をかき絵をかき恥《はじ》をかき
父からゆずられたほんの少しの才能《さいのう》で
とりとめもない人生を
とりとめもなくおくっている

詩と絵を愛《あい》した亡父《ぼうふ》の遺志《いし》を
ささやかながらついでいる
亡父の墓石に水をかけ
伯父《おじ》の墓石に水をかけ
伯母《おば》の墓石に水をかけ
そして弟の墓石に水をかけ
ためらいがちにぼくは聞いた
「いったい君は
何をしたかったのだろう
君のかわりにやるとすれば
ぼくは何をすればいいのだろう」
おもいでの中の弟は
まだとてもちいさくて
びっくりしたような眼《め》をみひらき
「兄ちゃん、わからないよ」
と恥《は》ずかしそうにいった

僕と弟

人生に「たら」という言葉は禁句です。

しかし自分の人生が晩年に近くなった最近になって、しきりにもし父親が生きていたらとか、弟が生きていたらとか思うようになった。

父親が三十二歳、弟は二十二歳でこの世を去った。あまりにも早すぎる。せめて父親が六十歳ぐらいまで生きていれば、たぶん五人ぐらいは子どもができたと思う。すると僕の人生は今とはずいぶん違ったものになったはずである。

弟が二十二歳でこの世を去ったというのも情けない。弟はある意味で柳瀬《やなせ》家のホープであった。性格も明るく成績も良く、柔道二段で快活であった。

僕と弟の関係は世間の兄弟とはだいぶ違っていた。

父の柳瀬清《きよし》は柳瀬家の次男である。長兄の寛《ひろし》は現在の高知県南国《なんごく》市後《ご》免町《めんまち》で内科小児科の柳瀬医院を開業していた。

しかし、妻のキミとの間に子どもが生まれなかったので、弟の千尋《ちひろ》は三歳の時、伯父の家の養子となった。

僕は小学二年生まで母と暮らしていたが、やがて伯父の家に預けられることになった。

だから、弟は奥の間で伯父夫婦と寝て、僕は柳瀬家の末弟で当時中学三年生だった若い叔父の正周《まさちか》と同室の書生部屋で寝ることになる。つまり、弟の千尋は伯父の家を継ぐ後継者であり、僕は兄だけれども伯父の家に寄宿して世話になっている身分である。

そのために当時柳瀬家で働いていた若い家事手伝いの女の子の中には僕に同情して、夜、僕が寝ているとあめ玉を買ってきて舐《な》めさせてくれた子がいた。僕はあめ玉を舐めながら寝てしまい、自分がなぜ同情されているのか、なぜ、あめ玉を買ってきてくれるのか、さっぱりわからなかった。今頃になって遅ればせながらその女の子に感謝している。

しかし、食事その他は一緒だし、けっして差別はなかった。ただ僕はどうしてもいくらか遠慮がちで、弟のように甘えてわがままを言うことはなかった。

弟は素直にすくすくと育った。

しかし、僕が中学生になった頃、ふと弟のノートを見ると、そこに父親の清の写真が挟んであった。弟は三歳の時から伯父夫婦を自分の本当の両親と信じてわがままいっぱいに育ってきたように見えたから、本当の父親のことはほとんど関心がないと思っていた。僕はその写真を見て、やはり血は水よりも濃しと思った。そして伯父夫婦に心から同情し、申し訳ないような気分になった。

僕はその頃も時々母親と会っていた。別にこっそりとではなく、日曜日になると電車に乗って高知市にいる母に会いに行ったのである。小学生の頃は伯母は駅まで僕を見送りに来て、車掌にこの子をよろしくお願いしますと頼んでいた。みんな優しくいい人だったのである。

それなのに、中学生になり反抗期に入ると、僕はいくらかひがんだ子どもになり、伯母を悩ませてしまったことは、今では本当に申し訳なく思っている。

僕と弟は兄弟だから時々ドタンバタンと大喧嘩《おおげんか》もした。けれども喧嘩できたのは幸せだった。ここぞという時には弟は僕の味方だった。

ある日、弟はぽつんと言った。

「兄貴はいいよ、お母さんに会えるから。僕は行けない。僕はこの家を継がなくてはならない」

そう言った時、弟はまだ中学二年生だったが、そんなことを考えているのかと可哀想《かわいそう》になり、そして伯父夫婦も可哀想だと思った。

僕と弟は、夏休みになると山で一人で暮らしている父方の祖母のところへ遊びに行った。今考えると恐ろしいことに小学生の幼い兄弟二人で山を駆けずり回り、今はダムになっているが当時は上流から筏《いかだ》を流していた急流の物部川《ものべがわ》で遊んでいたのだ。ほとんど人影はないので、あそこで幼い兄弟が水遊びをするのは非常に危険である。今考えるとぞっとするが、当時は平気でターザンの子どもみたいに遊んでいたのである。

あの頃の子どもはほとんどみんな全身傷だらけであった。夜は蚊の大群に襲われる。田舎《いなか》の蚊はたくましくて大きい。針を刺されると血が流れた。

あれでよく病気もせずに元気でいられたものだ。

今ではとても考えられないが、僕と弟はそんな危険いっぱいの中でなんとか助け合いながら大きくなっていくのだ。

小学生の時の僕は、田舎の小さな学校だったせいもあり、作文と絵の成績は特に良かった。弟は子どもの時は病気がちで欠席が多く、成績は中ぐらいだった。中学生になると立場は逆転する。

弟は体が丈夫になり、背もぐんぐん伸びて僕より高くなり、優等生になり、僕は怠けてしまって数学の成績が悪くなり、成績は中ぐらいで実にぱっとしなかった。

受験雑誌をとっていたが、勉強はまったくせず、漫画の投稿をしていた。たまに賞金をもらうと弟に少しだけ分けてやった。弟は喜んで「兄貴また頼むよ」と言った。

今、人生の日暮れ時になって思うのだが、今ならもう少したくさん弟に小遣いがやれるのにと思う時がある。笑われるかもしれないが、弟は若くして死んでしまったのだ、いつまでも僕の心の中では歳をとらないで「兄貴また頼むよ」と言っている。

詩集「おとうとものがたり」は自分だけの感傷として、弟へのレクイエムとして書いたもので、弟の墓前には供えたいが、それは僕の個人的な感情にすぎないから、世間の人に読んでいただく気は毛頭なかった。しかし、強くすすめられてこの詩集を刊行することになった。うれしいような気恥ずかしいような妙な気分である。こんな詩集は後にも先にもこれっきりである。

弟が生きていてこの詩集を見たら——また「たら」であるが——、なんて言うであろう。「兄貴ありがとう」と言うか、「やめた方がよかったのに」と言うか、僕にはわからない。

その後、僕が漫画家になってから、弟と高知高等学校で同級生だったという人の訪問をうけた。

弟は高等学校でもなかなか人気者であったようだ。残された写真を見ると、女学生のセーラー服を着てお下げ髪のかつらをかぶって友達とふざけているものもあった。

僕は体質的にアルコールに弱いが、弟は相当な大酒飲みであった。実は柳瀬家の僕らの祖父・治太郎《じたろう》は大変な酒豪で、それで健康を害してしまったのだ。弟はどうも祖父の血を引いていたらしい。僕にはアルコールを分解する酵素がまったくなく、ほんの少し飲んでも真っ赤になってひっくり返ってしまうのである。

僕の母方の祖母は、夫が大変な酒飲みで、しかも手のつけられないような遊び人で、山深い田舎なのに高知や京都から芸者をよんで大騒ぎというような人であったので、苦労の連続であったようだ。

祖母は僕に「おまえは本当にいい子だ、酒が飲めないから嵩《たかし》が大好き」と言って、僕をかわいがってくれた。しかし、僕としては酒ぐらいは飲める男でありたかった。

特に弟が旧制高等学校に入ってからは、弟は僕と酒を飲みたがったが、僕は酒を飲んで弟と一緒に楽しむことはできなかった。それは今でもとても残念である。

しかし、弟の酒量は相当のものであったらしく、弟の学友の一人が「柳瀬君はすてきな人物だが、酒は少し控えた方がいい」と忠告する手紙をよこしていたのを偶然僕は見て苦笑してしまった。しかし、家では大酒飲んであばれるというようなことはまったくなかった。

僕はデザインの学校に進んだが、弟の旧制高等学校の学生生活の一部を見ると、これがまさに青春だなと思ってうらやましかった。今でも旧制高等学校の時代をなつかしむ人が多い。そして一高の「嗚呼《ああ》玉杯に花うけて」とか、三高の寮歌「紅萌《くれないも》ゆる丘の花」のように全国的に歌われた歌もある。すべて青年らしい理想にもえていた。

弟は順調なコースをたどって京都帝大法科に進学することになる。好きな道ではあったが、僕の学校は特殊な学校で、校風は大変におとなしかったので、はめを外すようなことはまったくなかった。今はこの学校で学べたことに感謝しているが、その当時はやはり弟のように旧制高校、大学といったコースを進みたかったと思ったのである。

僕が兵隊にとられて九州小倉《こくら》の七三部隊に入隊していた頃、弟は僕に面会に来た。久しぶりに会う弟は、昔の面影はあるものの、立派な一人の男性になり、知的で凛々《りり》しかった。これが弟との最期の別れになろうとは、その時には思わなかった。戦争が終わったらまた会えると信じていた。

終戦の翌年、昭和二十一年の三月、僕は上海《シャンハイ》から復員して佐世保《させぼ》に上陸、そこで部隊は解散して、僕は汽車を乗り継いで土讃《どさん》線後免《ごめん》駅に降り立った。

　このあたりは空襲もなかったらしく、山の形も、町も、僕が暮らしていた伯父の柳瀬家も、昔のままで少しも変わっていなかった。僕は裏木戸を開けて中にいる伯母に「お母さんただいま」と言った。何も知らせていなかったのでみんなびっくりした。伯母は泣き崩れて「ちいちゃんは死んだぞね」と言った。

　千尋は特殊潜航艇の乗組員としてフィリピン沖バシー海峡の海底に沈み、遺骨も何もなく、骨壺《こつつぼ》の中には海軍中尉柳瀬千尋と書いた木札が一枚だけだった。なぜだか僕は涙は出なかった。なんとなく予感があったのである。

　悲しみは今頃になって深くなってきた。僕は時々、弟が奇跡的に南の島で生きていて巡り会えることになると思う時がある。もちろん、それは幻想にすぎないが、その時、僕は弟になんと言おうかと思案して、うまい言葉が見つからなくて困ったりする。生きているとすれば、弟も相当な高齢者のはずだが、僕の中では二十歳前後のままで、少しも成長していないのである。

過ぎてしまえば人生も夢と同じだ。どこまでが夢で、どこまでが現実なのかわかりにくい。

本稿は、当時企画中だった本書に収録するためのエッセイとして、二〇一一年九月に執筆された未発表の原稿です。

初出一覧

父の死	「ホームキンダー」1977年4月号
母とのわかれ	「ホームキンダー」1977年4月号
夏の川で	「ホームキンダー」1977年4月号
赤い着物	「ホームキンダー」1977年5月号
坊ちゃんの兄	「ホームキンダー」1977年5月号
朝やの星	「ホームキンダー」1977年5月号
シーソー	「ホームキンダー」1977年6月号
はれたオチンコ	「ホームキンダー」1977年7月号
道信山の夕やけ	「ホームキンダー」1977年7月号
背負い投げ	「ホームキンダー」1977年8月号
父の写真	「ホームキンダー」1977年6月号
ただ一度の小づかい	「ホームキンダー」1977年7月号
スケッチボックス	「ホームキンダー」1977年8月号
風の中	「ホームキンダー」1977年8月号（「青春」改題）
ちいさな木札	「ホームキンダー」1977年9月号
珊瑚	「ホームキンダー」1977年9月号
海彦・山彦	「ホームキンダー」1977年6月号
墓前で	「ホームキンダー」1977年9月号

本作品は雑誌『ホームキンダー』（フレーベル館刊）1977年4月号から9月号に「おとうと物語」のタイトルで連載されたものです。

1978年、詩画集『さびしすぎるよ銀河系』（サンリオ刊）に「おとうとものがたり」として収録された際、著者により作品順が現在のものに変更されました。

2007年、『やなせたかし全詩集』（北溟社刊）への収録に際し、著者自身による一部作品の改題、および一部改稿が施されています。

やなせたかし（柳瀬 嵩）

1919年	2月6日生まれ。高知県香美郡在所村（現香美市）出身
1921年（2歳）	弟・千尋生まれる
1924年（5歳）	父・清、赴任先の中国で病死。千尋が伯父の養子になる
1926年（7歳）	母・登喜子の再婚に伴い、伯父宅に寄宿
1937年（18歳）	東京高等工芸学校工芸図案科（現千葉大学工学部）入学
1940年（21歳）	東京田辺製薬（宣伝部）入社
1941年（22歳）	太平洋戦争勃発。徴兵
1945年（26歳）	中国上海近郊で終戦を迎える
1946年（27歳）	帰郷。千尋の戦死を知る。高知新聞社に入社
1947年（28歳）	高知新聞社を退社し上京、三越百貨店に入社
1953年（34歳）	三越を退社し、フリーとなる。漫画、作詞、舞台美術、ラジオ・テレビの台本、映画雑誌での批評などを手がける
1961年（42歳）	作曲家いずみたくと「手のひらを太陽に」を制作
1964年（45歳）	NHK「まんが学校」に講師として出演
1967年（48歳）	「ボオ氏」で週刊朝日マンガ賞受賞
1970年（51歳）	アニメ映画『やさしいライオン』（原作・演出・美術）が毎日映画コンクール大藤信郎賞受賞
1972年（53歳）	馬場のぼるらと「漫画家の絵本の会」を結成
1973年（54歳）	雑誌『詩とメルヘン』（サンリオ）創刊、同誌編集長。 月刊絵本『キンダーおはなしえほん』（フレーベル館）に「あんぱんまん」を発表
1988年（69歳）	テレビアニメ『それいけ！アンパンマン』（日本テレビ系列）放映開始
1991年（72歳）	勲四等瑞宝章受章
1994年（75歳）	高知県香北町（現香美市）名誉町民。東京・四谷に「アンパンマンショップ」開店
1996年（77歳）	「香北町立（現香美市立）やなせたかし記念館　アンパンマンミュージアム」開館
1998年（79歳）	「香北町立（現香美市立）やなせたかし記念館　詩とメルヘン絵本館」開館。 日本童謡協会功労賞受賞
2000年（81歳）	第39回日本児童文芸家協会児童文化功労賞受賞
2004年（85歳）	東京都新宿区名誉区民。高知県南国市名誉市民
2011年（92歳）	高知県名誉県民
2013年	10月13日永眠、享年94歳

協力
やなせスタジオ

編集協力
小林潤子

ブックデザイン
田中久子

やなせたかし　おとうとものがたり

やなせたかし 詩・画

2014年9月　初版第1刷発行
2025年8月　初版第13刷発行

発行者
吉川隆樹

発行所
株式会社フレーベル館
〒113-8611　東京都文京区本駒込6-14-9
電話／営業 03-5395-6613　編集 03-5395-6605
振替 00190-2-19640

印刷所
TOPPANクロレ株式会社

56P　NDC 911　22×16cm　ISBN 978-4-577-04259-5　Printed in Japan

フレーベル館出版サイト
https://book.froebel-kan.co.jp